AF619720

(273*)

CATALOGUE

DE LA BELLE COLLECTION

DE

PORTRAITS

GRAVÉS

par Audran, Chereau, Daullé, Drevet, d'après Van Dyck
Edelinck, Th. de Leu, De Marcenay
Masson, Morin, **Nanteuil**, Poilly, Van Schuppen

RÉUNIE PAR M. A. G.

DONT LA VENTE AURA LIEU

HOTEL DES COMMISSAIRES-PRISEURS

***Rue Drouot*, 5**

SALLE N° 4, AU PREMIER ÉTAGE

Les Mardi 20 et Mercredi 21 Avril 1869

A UNE HEURE PRÉCISE

Me **DELBERGUE-CORMONT**, Commissaire-Priseur,
rue de Provence, 8,

Assisté de M. **VIGNÈRES**, Marchand d'Estampes
rue de la Monnaie, 13, à l'entresol; entrée rue Baillet, 1,

CHEZ LEQUEL SE DISTRIBUE LE CATALOGUE.

EXPOSITION PUBLIQUE AVANT LA VENTE

PARIS — 1869

CONDITIONS DE LA VENTE

Elle sera faite au comptant.

Les Acquéreurs paieront CINQ pour CENT, en sus des enchères applicables aux frais de vente.

ORDRE DES VACATIONS

1re VACATION	....	de 1 à 268
2e —	....	de 269 à 527

M. VIGNÈRES, dirigeant la Vente, se charge des Commissions.

NOTA. Toute commission, sans prix fixé ou sans limite déterminée, era regardée comme nulle.

M. VIGNÈRES se charge de faire marquer les prix aux Catalogues des ventes qu'il a faites. Les personnes qui le désirent peuvent s'adresser à lui *franco*.

Plusieurs Amateurs éloignés en ont reconnu l'utilité pour les guider dans leurs achats sur les valeurs des Estampes.

Les Catalogues des Ventes à faire seront envoyés aux personnes qui en feront la demande *affranchie*.

AVIS. — Nous prions MM. les Amateurs éloignés de ne pas attendre au dernier jour, pour que les lettres arrivent le matin de la Vente: ils comprendront que quelques lettres peuvent se lire, mais de 20 à 50 lettres, c'est difficile.

PORTRAITS EN BISTRE

Collections de Portraits inédits ou rares de Personnages célèbres

REPRODUITS NOUVELLEMENT PAR LA GRAVURE

Publiés par VIGNÈRES, Md d'Estampes

Rue de la Monnaie, 13, à l'entresol, entrée rue Baillet, 1.

ALBANY (Louise-Max. de Stolberg, comtesse d').	Gravée par Varin.
AMOROS, colonel, fondateur de la gymnastique en France.	id.
ARGOUT (Antoine-Maurice-Apollinaire, comte d').	J. Porreau.
BABEUF (F.-N.-Gracchus), journaliste.	id.
BARÈRE (Bertrand), de Vieuzac, conventionnel.	id.
BEAUHARNAIS (comtesse Stéphanie de), poëte, romancière.	Sisco.
BEUGNOT (J.-C. comte), député, ministre.	J. Porreau.
BERRUYER, général, commandant des Invalides.	id.
BERTRAND DE MOLLEVILLE, marquis, ministre, littérateur.	id.
BIÈVRE (marquis de), célèbre auteur de calembours.	id.
BLANCHARD (Madeleine-Sophie-ARMAND, Madame), aéronaute.	id
BONJOUR (Casimir), auteur dramatique.	id.
BORGHÈSE (Camille-Philippe-Louis), prince.	id.
BOSSUT (Charles), mathématicien.	id.
BRAZIER (Nicolas), auteur dramatique, d'après Marlet.	id.
BRISSOT (J.-P.), de Varville, conventionnel.	id.
CANCLAUX (J.-B. Camille, comte de), général, pair.	id.
CAYLA (comtesse de), née Talon, d'après le baron Gérard.	Massard.
CLOUET dit JANET, (François), peintre de portraits.	J. Porreau.
COCHON, comte de l'APPARENT, conventionnel, ministre.	id.
DEBUREAU, acteur des Funambules, Pierrot.	id.
DE FERMONT (comte), député, conseiller d'État.	id.
DEVIENNE, actrice, Théâtre-Français.	Normand.
DONADIEU, baron, général de division.	J. Porreau.
DORAT-CUBIÈRES-PALMEZEAUX, poëte, auteur dramatique.	id.
DROZ (Joseph), littérateur, académicien.	id.
DUCHESNE aîné, conservateur du cabinet des estampes.	id.
DUCOS (Roger), avocat, constituant, 3e consul provisoire.	id.
ÉLIE DE BEAUMONT, avocat au Parlement de Paris.	Devritz.
EMPIS (Adolphe), auteur dramatique.	J. Porreau.
EPAGNY (d'), poëte dramatique.	id.
FABRE DE L'AUDE (comte), député, pair, littérateur.	id.
FIEVÉE (J.), littérateur, auteur dramatique.	id.
FRÉRON (Louis-Stanislas), conventionnel.	id.
FROCHOT, comte, préfet, député.	id.
GARNERIN (A.-J.), inventeur du parachute.	id.
GARNERIN (Élisa), aéronaute.	id.
GAUDIN, duc de Gaëte, ministre des finances.	id.
GENLIS (A. Brulard, comte de), cap. des gardes, conventionnel.	id.
GEOFFROY (J.-L.), critique, journaliste.	id.
GODOI (don Manuel), prince de la Paix.	Varin.
GOUFFÉ (Armand), chansonnier, vaudevilliste.	J. Porreau.
GUIMARD (Mademoiselle), danseuse	d.
JOUFFROY (Théodore-Simon), professeur, académicien.	d

Jousselin de Lasalle, homme de lettres.	J. Porreau.

Jousselin de Lasalle, homme de lettres.	J. Porreau.
Kant (Emmanuel), philosophe allemand.	Bracquemond.
Lacalprenède (Gauthier de Costes, seign. de), romancier.	Varin.
Lainé (J.-H., vicomte), ministre et académicien.	J. Porreau.
Lamballe (princesse de), dessinée d'après nature par Gabriel.	id.
Lasource (M.-David-Albin de), député du Tarn.	id.
Lavallière (L.-F. de la Baume, duchesse de).	id.
Lenormand (Mademoiselle), nécromancienne.	id.
Lucotte (Edme-Aimé), lieut.-général, comte, né à Dijon.	id.
Mailhe (Jean), député à la Convention.	A. Varin.
Marat, à la tribune, dessiné d'après nature par Gabriel.	J. Porreau.
Martin (Louis-Aimé), littérateur.	id.
Maurepas (J.-Fréd. Phelypeaux, comte de), ministre.	Varin.
Mazères (Édouard), auteur dramatique.	J. Porreau.
Mesmer, auteur du magnétisme animal.	id.
Mézerai, actrice, Théâtre-Français.	Normand.
Orléans, duc de Montpensier (Ant.-Philippe d'), 1773-1807.	J. Porreau.
Persuis (L. Loiseau de), musicien, d'après Pierre Guérin.	id.
Petiet (Claude), député, ministre de la guerre.	id.
Philidor (André-Danican), musicien, auteur du jeu d'échecs.	id.
Pilon (Germain), sculpteur, 1550.	id.
Pixerécourt (Guilbert de), fac-simile, d'après J. Boilly, in-4.	id.
Pongerville (Samson de), académicien.	id.
Pontus de la Gardie, général en Suède.	id.
Ramel-Nogaret, ministre des finances, préfet.	id.
Récamier (Madame), d'ap. Cosway.	id.
Reveillère-Lepaux, botaniste, théophilanthrope.	id.
Robert-Lindet, député, conventionnel, ministre.	id.
Romme (Gilbert), conventionnel.	id.
Rouget de L'Isle, auteur de *la Marseillaise*, musicien.	Varin.
Saint-Huruge (marquis de).	J. Porreau.
Saint-Prix, acteur, Comédie-Française.	id.
Saint-Simon (Claude-H., comte de), philosophe.	Perrot.
Silvain Maréchal, poëte et littérateur.	Devritz.
Tallien (Madame), née Cabarus, d'après le baron Gérard.	Massard.
Treilhard (J.-B., comte), député, ministre, etc.	J. Porreau.
Tronson du Coudray, avocat, du Conseil des Anciens.	id.
Vadier (A.), député aux États-Généraux.	id.
Vatout (J.), poëte, académicien, bibliothécaire.	Varin.
Vigée (L.-G.-B.-E.), poëte et auteur dramatique.	J. Porreau.
Westermann, général, d'ap. le Physionotrace.	id.
Cartouche (Louis-Dominique), fameux voleur.	Lallemand.
Mandrin (Louis), fameux contrebandier.	Delaistre.

Chaque portrait pouvant entrer dans un in-8° est tiré in-4°.
Avec la lettre, papier blanc, 1 fr.; papier de Chine, 1 fr. 25 c.
Avant la lettre, papier blanc, 1 fr. 50 c.; papier de Chine, 2 fr.
Dont il n'est tiré que 20 épreuves blanc et 5 Chine.

Afin de faciliter les recherches des Amateurs de portraits, soit pour les illustrations, soit pour les collections d'autographes ou autres, *deux Catalogues détaillés* de quelques collections de portraits qui peuvent se trouver chez moi, classés par ordre alphabétique, seront remis aux personnes qui en feront la demande affranchie.

Renou et Maulde, imprimeurs de la Compagnie des Commissaires-Priseurs
rue de Rivoli, 144. 22499

Ditch 10

Henrot 1

Michel. 4
Apell 3

Henrot 3

DÉSIGNATION

1 **Audran** (B.). J.-P. Bignon. In-fol. d'ap. Vivien. Très-belle ép. 1er état.

2 — Samuel Frisching, général des troupes de Berne. Petit in-fol. d'ap. Huber.

3 **Audran** (Karl.). Titre de la galerie des femmes fortes avec la statue d'Anne d'Autriche. Petit in-fol.

4 — Ange de Joyeuse Capucin. 2 portraits. — Carlo Spinola. 3 p. in-8.

5 — Gaston de Renty, baron de Landelles. In-4. Très-belle ép.

6 **Audran** (J.). Antoine Coyzevox, sculpteur. Très-belle ép., marge.

7 — Victor Marie, comte d'Estrées, d'ap. de Largillière. Petit in-fol., marge.

8 **Baour**. Jeane de Segla de Montegut, de l'académie des jeux Floraux. In-8, rare.

9 **Basan**. Mlle Vanloo, enfant tenant du raisin dans sa chemise. Petit in-fol.

10 — Carle Vanloo. In-fol.

11 **Bause**. Frédéric II, roi de Prusse. In-fol. Très-belle ép.

12 **Bazin**. Nicolas l'Archer, abbé de Cîteaux. In-fol., d'ap. de Cany. Superbe ép.

13 **Bazin**. Helyot, conseiller à la cour des Aydes.

14 — Saint Guillaume, duc de Guyenne. In-4.

15 **Beauvarlet**. L'abbé Nollet, académicien. In-8, d'ap. de La Tour. Très-belle ép. grande marge.

16 — B.-G. Sage, académicien, d'ap. Colson. In-8.

17 **Blanchard** père. Elisabeth de Bourbon, reine d'Espagne, d'ap. Rubens. Superbe ép., petit in-fol. avant la lettre, toute marge.

18 **Billy**. Michel Ange Causeus (de la Chausse). Parisien, Antiquaire. Petit in-fol., d'ap. C. Maratte. Rare.

19 **Bouttats**. Louis, grand Dauphin. Petit in-fol.

20 **Bye** (J. de). Princesse dame Jenne de Blois, seconde femme de Philippe de Croy, troisième duc d'Arscot, en pied. Petit in-fol. Superbe ép. Très-rare.

21 **Carrache** (Aug.). Le Titien, peintre. Belle ép.

22 **Cars**. Michel Anguier de la ville d'Eu, sculpteur, d'ap. Revel. Petit in-fol. Superbe ép.

23 — Cardinal de Polignac. In-fol. Très-belle ép.

24 **Cathelin**. N. Poussin, peintre. Petit in-fol., marge.

25 **Chereau** (F.). Boileau. In-4, d'ap. Rigaud. Très-belle ép.

26 — Abel Boyer, historien anglais. Petit in-fol.

27 — Nicolas Delaunay, directeur de la Monnaie, des médailles. In-fol., d'ap. Rigaud. Très-belle ép.

28 — A. Hercule de Fleury, cardinal, d'ap. Rigaud. In-fol. Très-belle ép. avec la croix pastorale.

Villefort 6.

Delets/ 7.
Delpit 4

Hemot 2

Apell 3

Delpit 4
Marcin 1 Chaulin 2 50

Chaulin 1 50 Michel 3 50 Delpit 4.
Delpit 5

Delpit 4

Michel 4

Apell 2

Herlum 3

Michel 6

Delpit 3 Michel 3 50

Herlum 3 50 Apel 2 Delpit 4 Michel 7 Grosjean 1 50

Henri Rel.

29 — Largillière, d'ap. lui-même. In-fol. Très-belle ép.

30 — Philippe d'Orléans, régent, d'ap. Santerre. Bon portrait. Grand in-4.

31 — Louis Pecour, maître de ballets. In-fol. d'ap. Tournière. Belle ép., grande marge.

32 — J.-B.-L. Picon d'Andrezel, d'ap. Rigaud. Très-belle ép. 1er état.

33 — Cardinal de Polignac, à mi-corps, d'ap. Rigaud. In-fol. Très-belle ép.

34 **Chereau** (Jacques). Marie, princesse de Pologne (Leczinska), reine de France, en pied. In-fol. Très-belle.

35 **Chevillet**. Le duc de Bragance. In-fol., d'ap. Trinquesse (1779). Très-belle ép., marge.

36 **Colleri** (d'ap.). Nicolas Duval, secrétaire du duc du Maine. In-fol. Très-belle ép.

37 **Collin** (Richard). La B. Mère Angèle, fondatrice des Ursulines, morte en 1540. Grand in-8. Superbe ép.

38 — Cardinal Jacques Rospigliosi. Petit in-fol.

39 **Cossin**. F. Chauveau, graveur. — Louis Roupert, orfèvre à Metz. 2 p.

40 **Crespy**. M.-A. Baudran, prieur de Rouvray, auteur d'un dictionnaire géographique. Petit in-fol.

41 **Daniell** (W.). Chevalier d'Eon de Beaumont, de profil. In-4, en femme. Rare, toute marge.

42 **Daret**. Anne d'Autriche et Louis XIV enfant, auquel huit eschevins à genoux présentent un livre.

43 **Daret.** François de Beauvilliers, duc de Saint-Aignan. — Henri IV. 2 p. in-4.

44 **Daullé.** Cl. Deshais Gendron, médecin. In-fol., d'ap. Rigaud. Belle ép.

45 — F. de la Peyronie, chirurgien, 1755. In-fol. Très belle ép., marge.

46 — P.-L. Moreau de Maupertuis, voyageur en Laponie. In-fol., d'ap. Tournière. Belle ép.

47 — Catherine Mignard, comtesse de Feuquiere. In-fol. Très-belle ép.

48 — Le duc d'York. In-fol. avant la lettre, rare.

49 **David.** Catherine de Boulainvilliers de Courtenai, dame de Vic. Très-belle ép., petit in-fol. P. Mariette, 1650.

50 — Achille de Lorraine de Guise, comte de Romorantin. In-fol. Très-rare.

51 — Cardinal de Richelieu. Grand in-4. Très-belle ép. avec les plis de la draperie au fond. Rare.

52 **Delaunay.** Etienne F., duc de Choiseul. In-4. Superbe ép. avant les noms d'artistes, marge.

53 — Sébastien Leclerc fils. Petit in-fol. Très-belle ép. avant la lettre.

54 **Delvaux.** Rollin. In-8, d'ap. Coypel. Très-belle ép., marge.

55 **Desbois** (M.). Sœur Anne Colet, du tiers-ordre de la Sainte Trinité, décédée à Lisieux. In-4.

56 **Desrochers.** C.-F. Poerson, peintre, d'ap. de Largillière. In-fol. Belle ép. marge.

57 **Devaux.** Gérard Edelinck, graveur. Petit in-fol. Très-belle ép. sans marge.

Veydt 3.50

Michel 5 Herlein 2.

Dien 4

Dien 8 Apel 4

Michel 5

Granjean 3.75

Veydt 2.50 Delpit 2

Henri Riel.

Granjean 1.50 Michel 10. Delpit 3,

1e par no 1.
Ditch 10
ou
Ditch 10
Delpit 6

Michel. 11

1e par le 28
Delpit 4
Michel 4
Michel 5

Michel 12

Delpit 3

Michel 9

Hemet 3 Delpit 5 ~~Ditelf~~ 6 Michel 13 Veyr 2.50

58 **Drevet** (Pierre). Réné de Beauveau, archevêque de Narbonne. In-fol., d'ap. Rigaud. Très-belle ép.

59 — J.-P. Bignon, œtatis 45. In-fol., d'ap. Rigaud

60 — Le même œtatis an 66. Belle ép.

61 — N. Boileau tenant une plume. In-fol., d'ap. Rigaud. Belle ép.

62 — L.-A., prince de Dombes, la main sur une couronne. Petit in-fol. d'ap. de Troy. Magnifique ép.

63 — Le même, in-fol. d'ap. de Troy, dans un ovale.

64 — Léonard Delamet. In-fol.,d'ap. Rigaud.

65 — Cardinal de Fleury. In-fol., d'ap. Rigaud.

66 — J. Forest, peintre, d'ap. Largillière. In-fol.

67 — H. de Fourcy. In-fol., d'ap. Largillière.

68 — J. Omer de Fleury, avocat général. In-fol.

69 — N. Lambert de Thorigny. In-fol., d'ap. de Largillière.

70 — Claude Le Pelletier, contrôleur des finances. In-fol., d'ap. Mignard. Sans marge.

71 — J.-F.-P. de Bonne de Crequy de Lesdiguières. Petit in-fol., d'ap. Rigaud. Très-belle ép.

72 — Louis XIV cuirassé, dans un ovale. In-fol. d'ap. Rigaud. Belle ép., sans marge.

73 — Mitantier, greffier de l'Hôtel de ville de Paris, par un graveur anonyme en contre-partie de celui de Drevet. Très-belle ép. avant toute lettre.

74 — Abbé de Rancé de la Trappe. In-8, d'ap. Rigaud. Charmant portrait. Rare.

75 — H. Rigaud tenant un porte-crayon; au bas, quatre lignes. Belle ép. in-fol.

76 — Maria Serre, mère de Rigaud. In-fol.

77 — Clémentine Sobieski, d'ap. David. In-fol. avant la lettre. Rare. Très-belle ép.

78 — Maximilien Titon, conseiller. In-fol., d'ap. Rigaud.

79 — Comte de Toulouse, d'ap. Rigaud. Superbe ép., avec deux ancres en sautoir sous les armes.

80 — L. H., duc de Villars. In-fol., d'ap. Rigaud. Superbe ép., avec neuf lignes en bas.

81 **Drevet** (Pierre-Imbert). Robert de Cotte, architecte. In-fol., d'ap. Rigaud. Belle ép.

82 — Dodun, marquis d'Herbault. In-fol., d'ap. Rigaud. Superbe ép., marge.

83 — Cardinal Dubois. In-fol., d'ap. Rigaud. Très-belle ép.

84 — Claude Le Blanc, ministre de la guerre. In-4 d'ap. Le Prieur. Très-belle ép.

85 — Louis d'Orléans. In-4, d'ap. Coypel. Belle ép., marge.

86 — Louise Adélaïde d'Orléans, abbesse de Chelles. Grand in-fol., d'ap. Gobert. Belle ép.

87 — René Pucelle. In-fol., d'ap. Rigaud.

88 — A. Gaston de Rohan, cardinal. In-fol., d'ap. Rigaud.

89 **Duflos** (Cl.). Pierre Bouchu, président à Dijon. In-fol. Belle ép.

90 — J.-J. Gaudart de petit Marais, conseiller au Parlement de Paris. In-fol., d'ap. de Largillière. Belle ép.

Michel 4 Delpit 3

Delpit 3.

Michel 18

Michel 26 Delpit 4 Villefort 20

Michel 15. Delpit 5 Villefor 20

Apit 4

Michel 12

Villefort 20

Michel 4.

Hem Rel. Villef 20

Michel 5

Morain 2

Delpit 3 Veyr 3

Ditch 3

Henrot 2 Olean 6

Henrot bonprey Delpit 2 Veyr 3

Apil 5 Delpit 3 Nickel 21 How 5

Delpit 3 Grozin 3.75

Apil 5

Grozin 3.75

Apil 4 Groziem 1.50

91 — H. de Gondy, cardinal de Retz, évêque de Paris. — F. de Harlay Chanvalon, archevêque de Paris. 2 p. in-4. Très-belles ép., marges.

92 — Newton. Petit portrait in-12 en travers, d'ap. Delamonce. Très-rare.

93 — Denis Thierry, imprimeur célèbre de Paris. In-fol., d'ap. Ferdinand. 1690.

94 — Louis Tronson, né à Reims, supérieur du séminaire de Saint-Sulpice. In-4, d'ap. N. Guerry. Superbe ép., marge.

95 **Dupin** Filius (J. V.). Louis XV. In-8, la tablette blanche, avant la lettre. Très-belle ép. très-rare.

96 **Dupont** (Henriquel). Henri IV, étant jeune, comme roi de Navarre, d'ap. un dessin du temps qui se trouvait dans le cabinet de M. Hennin. Superbe ép. avant la lettre sur chine (n° 35). Rare.

97 **Dupuis**. Minerve tenant le médaillon de Louis XIV. Superbe ép. — Le portrait remplacé par Louis XV. 2 p. in-4.

98 **Du Vivier**. Pétrus des Gouges, docteur en droit, d'ap. Tournière. In-fol.

99 **Dyck** (Van). Erasme. Très-belle ép. papier à la folie. Marge.

100 — Paul de Vos, peintre, terminé par S. à Bolswert, papier à la folie.

101 — (D'ap.). Thomas Willeboirts Bosschaerts, peintre, Martin Vanden Enden Excudit. Superbe ép., très-rare.

102 — Jean Malder. eau-forte avant toute lettre.

103 — Comte de Pembroke avant la lettre.

104 **Dyck** (D'ap. V.). Par *P. de Ballu.* Ant. de Bourbon, comte de Moret. 1er état, Jean Meyssens. Superbe. — Le même, Meyssens effacé. 2 p.

105 — Par *S. à Bolswert.* Barbé, graveur. — Brawer. — Marguerite de Lorraine, duchesse d'Orléans. 3 p.

106 — Par *Clouet.* Henri Riche, comte de Hollande. 1er état avant la lettre. Très-rare.

107 — Par *Galle.* Comte de Papenheim, Jean Meyssens. Superbe. — Le même, Meyssens effacé. 2 p.

108 — Par *Arnold de Jode.* Catherine Howard, avec Martin Vanden Enden. Très-belle, rare.

109 — Par *P. de Jode.* Geneviève d'Urfé. Belle ép., très-rare.

110 — P. de Jode Junior. — P. Halmalius. — Liberti 3 p.

111 — Jean Tserclaes de Tilly. 1er état, avec Martin Vanden Enden. Très-rare.

112 — Par *Lauwers.* Lelio Blancatcio. Superbe ép. avec G. H. — Le même, les lettres effacées. 2 p.

113 — Par *Lommelin*, Jacques Leroy.

114 — Par *Neffs.* Marguerite de Barlemont. 1er état, avec J. Meyssens. — Ant. de Tassis. 2 p.

115 — Par *Pontius.* G. Honthorst. 1er état, avec B. et Martin Vanden Enden. Extrêmement rare.

116 — F. Thomas de Savoie, avec G. H. Superbe. — Le même, les letfreseffacées.

117 — Simon de Vos, avec Martin Vanden Enden. Superbe ép.

Kemink 7

Grosjean 3.75

Kemink 3.

Kemink 8

Grosjean 3.75 Kemink 8 Apel 5

Grosjean 3 75 Apel 5

Grosjean 3 75 Kemink 8 Apel 5

Apel 5

Grosjean 3 75 Apel 5

Grosjean 3.75

Grosjean 3.75

Apel 5 Grosjean 3

Kemmk 12 Grosjean 4

Diebl +5 Veydt 4 Dervan 8 Grosjean 5
ou
le suivant
[illegible] 15

Delpit 4

Dervan 4

Dervay 8

Delpit 10 Grosjean 8

Dervay 4

Delpit 5 Michel 7 Dervan 8

118 — Par V. François Junius, bibliothécaire du duc d'Arundel, eau-forte. Martin Vanden Enden. Très-belle ép.

119 — Par *C. Waumans*. A. de Zuniga et Davila. Très-belle ép. 1er état, avec Jean Meyssens.

120 — Par *Jean de Visscher*. P.-P. Rubens. Clément de Jonghe. Très-belle ép. très-rare. 4e état intermédiaire.

121 — Par *R.-V. Vorst*. Son portrait avec G. H. Très-belle ép.

122 — Par *Vorsterman*. Deodat del Mont, avec Martin Vanden Enden. Très-belle ép. très-rare.

123 — Pierre de Jode, avant et avec la lettre. 2 p.

124 — Ambroise Spinola, avec G. H. — Le même, les lettres effacées. 2 p.

125 — Gentileschi. — Livens. — Mallery. — Gaston d'Orléans. — Wolfgang. 5 p. Belles ép.

126 **Edelinck** (Gérard). Antoine Arnauld. In-4. (R. D. 140). Superbe ép. 1er état, marge.

127 — Antoine Arnauld à mi-corps (141). In-fol.

128 — P.-V. Bertin (R. D. 149). In-fol.

129 — Bignon (151). Avant dernier état. In-fol.

130 — Nicolas Blampignon, pasteur de Saint-Merry. In-fol. (153). Avant dernier état. Très-belle ép., marge.

131 — Bossuet, évêque de Meaux, d'ap. *Rigaud* (156). ép. 1er état, toute marge.

132 — P. de Carcavy (163). In-fol. Signé Mariette, 1675.

133 — Philippe de Champagne (164). Très-belle ép. 1er état. In-fol.

134 **Edelinck** (Gérard). J.-B.-M. Colbert, archevêque de Toulouse (172). In-fol. avant dernier état, d'ap. Largillière.

135 — Le même, dernier état.

136 — Charles Faure (201). In-4.

137 — Ferdinand, évêque de Paderborn, entre Minerve et la religion (203). In-fol.

138 — Evariste Gherardi, arlequin (214). In-8.

139 — André Hameau, curé de Saint-Paul (221). In-fol. Avant dernier état.

140 — Adrien Le Fort de la Morinière, littérateur (235). In-fol.

141 — Le Brun (Charles), peintre (238). Ép. de la collection duduc de Buckingham. In-fol. Très-belle ép.

142 — Michel Le Tellier, chancelier (244). Gr. in-4.

143 — G.-F., marquis de l'Hospital. In-4 (246). Belle ép.

144 — Statue de Louis XIV, entouré des grands hommes de son temps, titre de l'ouvrage de Perrault (253).

145 — Louis XIV (256). In-fol.

146 — Rouillé, comte de Meslay (273). In-fol.

147 — P. de Montarsis, amateur (277). In-fol. Superbe ép. 1er état, marge.

148 — Le même, 2e état. Belle ép.

149 — J.-Ch. Parent, chevalier romain (287). In-fol.

150 — Savary (314). — Duc de Sully (323). 2 p.

151 — Israël Silvestre, dessinateur et graveur (319), avec la vue de Paris au bas. Belle ép., marge.

152 — P. Simon, graveur (320). In-fol.

Gircler Delpit 3
ou
le suivant.

Gircler Derv. 3

Grosjean 2
Derva 6

Marais 1 Derv. 4. Michel 5

Michel 10 Delpit 3

Dervau 4

Dervau 6 Delpit 3.

Dervau 3 Delpit 4.

Derva 8 Villefort 15

Derva 3

Grosjean 4
Dervau 3

Delpit 4 Chaulin 3
... pas le 24.

George 1,50

Delpit 4
Dilich 2 D
Delpit 3 Veyde 2 50
Delpit 3
Veydt 3
Henrot. 3

153 — La thèse de la Paix ou le triomphe de l'Église, médaillon de Louis XIV tenu par la Religion (258). Très-grand in-fol. en 2 feuilles jointes. 1er état du cabinet Laurent.

154 **Edelinck** (N.).Castiglione, d'ap. Raphaël. Rare ép. avant toute lettre et des travaux sur la Manche, marge.

155 **Faithorne**. Antoine le Grand, médecin. In-4, rare.

156 **Ferdinand** (L.). Nicolas Poussin, peintre. Superbe ép. in-4.

157 **Fessard** effigiem Sc., d'ap. Joshua Reynolds, 1752. Portrait d'homme, probablement artiste. Très-belle. 1 p., marge. (M. Gaultier?)

158 **Ficquet**. Crébillon. — J.-J. Rousseau. — J.-B. Silva, médecin. 3 p. in-8.

159 **Flipart**. René Choppin, Jurisconsulte, d'ap. Jannet. In-fol.

160 **François**. Ch.-Alex. de Lorraine. In-4, marge.

161 **Frosne**. Claude de Baudry, général des Bénédictins. In-fol.

162 **Fuchs** ex. Louis XIV à cheval. In-fol.

163 **Gaillard**. Lamartinière, chirurgien. In-fol., d'ap. Latinville.

164 **Galle**. Henriette d'Angleterre. In-4.

165 — Isabelle Claire Eugénie. In-4, d'ap. Rubens.— La même copie, même dimension et du sens. 2 p.

166 — Ortelius, savant géographe. Très-beau portrait en rond, in-4. Très-belle ép., rare.

167 — B. Joannes Saguntinus,ordre de Saint-Augustin. Avant et avec la lettre. 2 p. grand in-8.

168 **Gantrel**. Fr. d'Argouges, évêque de Vannes. Grand in-fol.

169 — Egide de Beauveau, évêque de Nantes, 1682. In-fol. d'ap., Elis. Cheron. Rare.

170 **Gaultier** (L.). Ch. de Gontaut Biron. Superbe ép. les vers coupés. — Le même, dirigé à gauche par Th. de Leu, avec les vers. 2 p. in-8.

171 — Pierre Charon, prédicateur. In-8.

172 — Henri de Gondi, évêque de Paris. In-8.

173 — N. de Heere, doyen de Saint-Aignan. In-8.

174 — Henri IV, l'avant victorieux. — Henri IV à cheval. 2 p. in-8. Superbes ép.

175 — Louise de Lorraine, douairière de France. In-8. Belle ép.

176 **Gole** (J.). Innocent XII, pape. — Louis de Bade. 2 p. in-4, en manière noire.

177 — Duchesse de Lavallière. In-fol., d'ap. Plaats.

178 — Philippe d'Orléans, frère du roi. In-fol.

179 **Goltzius** (H.). Henri IV. In-fol. Belle ép., l'adresse *P. Van Houue* effacée, marge (B. 173).

180 — Jean Boll, peintre (B. 161). Belle ép.

181 — Nicolas Daventer, mathématicien, l'homme propose, etc. In-8. Belle ép.

182 — Guillaume de Nassau. Petit portrait in-8, dans le goût du maître.

183 **Granthome**. Le duc d'Anjou. In-8.

184 — La reine Elisabeth. In-8. Très-belle.

185 — 1588. Henri III. In-8. Belle ép.

186 **Gribelin**. Evurtius Jollyvet, né à Orléans, en 1601-1662. In-4.

187 **Guntz**. Saint Evremont. In-4. Très-belle ép.

Delpit 6.

Hemot 2 50

Herbier 1 50
Vuyder 4 50 Herbier 4.

Grozier 1 50

Delpit 6
Delpit 3
Grozier 2 50 Delpit 4 Apel 20

Apel 8

Apel 1

Herbier 4

Henrot 2 50 Delpit 4 Vogdr 4

188 **Habert.** M.-A. Victoire de Bavière, dauphine de France. In-4. Très-belle ép. rare.

189 — Caulet, évêque de Pamiers. In-8. — Cardinal le Camus. — Furetière. In-4. 3 p. Très-belles ép.

190 **Hole** (G.). Joannes Florius. Grand in-8. Rare.

191 **Holl.** Descartes. In-4 sur chine, marge. In-fol

192 **Hollar** 1641. Henriette, reine d'Angleterre. In-4, d'ap. Van Dyck. Superbe ép.

193 — Vander Borch et autres, d'ap. Holbein. 4 p.

194 **Hondius** Isabelle Claire Eugénie. In-fol. Belle ép., d'ap. Van Dyck.

195 — Ambassadeurs. Spinola, Jeannin, Russy, Brederode, Barneveldt, Conders. 18 portraits sur la même feuille.

196 **Hortemels.** Henri de Thiard de Bissy, cardinal. In-fol., d'ap. Rigaud. Marge.

197 **Houbraken.** M.-E. Josepha d'Autriche. — Jan Kuiper. 2 p. in-4.

198 **Huet.** J.-J. Rousseau composant l'Emile. In-fol., d'ap. Albrier. Marge.

199 **Hulle** (D'ap. Van) Louis XIV, pour la suite des plénipotentiaires à la paix de Munster. In-fol. avant le n° 3.

200 — Comte d'Avaux, Groulart, Ph. Leroy et autres, de la même suite. 6 p.

201 **Humblot.** Claude Langlée, gentilhomme. In-fol.

202 **Huret.** F., duc de Lesdiguières, avec siéges au bas. Petit in-fol.

203 — Prière du roi Louis XIV enfant, protégé par saint Louis. Petit in-fol. Très-belle ép., rare.

204 **Jeaurat**. Sébastien Le Clerc, graveur. In-8. Belle.

205 **Jode** (P. de). Petrusa Francavilla, architecte. Petit in-fol., d'ap. Bunel.

206. — Em. de Meteren, historiographe. Petit in-fol.

207 — Helionora de Bourbon. In-4, par Wierix, Pet. de Iode ex, avec marge.

208 Anne d'Autriche, L. de Bourbon Condé, Emélia, princesse d'Orange. 3 p. Petit in-4. Très-belles ép.

209 — Cardinaux Bentivoglio — de Richelieu. 2 p. Petit in-4. Très-belles ép.

210 **Jollain** (Chez). Cosme de Médicis en pied. Petit in-fol. Rare.

211 **Joullain** (F.). Ch. Rivière Duferny, d'ap. Coypel, 1724. Sup. ép. In-4.

212 **Keating**. Louis XVI écrivant son testament. Ovale in-folio. Lettre blanche.

213 **Kieser** ex. Ch. de Longueval de Buquoy. In-4. A cheval.

214 **Klauber**. Carle Vanloo, peintre, d'ap. Pierre Lesueur. In-fol. Très-belle ép.

215 **Kœnig**. Mme de Sévigné. — Marie-Louise d'Orléans, sur chine. 2 p. in-8, d'ap. Deveria. Avant toute lettre, toute marge.

216 **Landry**. M. Antoine Baudran, auteur d'un dictionnaire de géographie. Petit in-fol.

217 — Henri IV Lauré. In-4. Superbe ép. avec autog. de Titon.

218 — Eustache de Lasalle, correcteur des comptes. In-fol., d'après Lefèvre. Très-belle ép. Rare.

Grossen 1 50

Renan 5 Voyde 3 50 [illegible] 4

Delpit 5

Ditchf. 3.

Delpit 3

Martin 2 50

Henot 1

Delpit 4

Delpit 5 Michel 10

Herbin 2 Hemol 3

Hemol 2

Delpit 4 Dero 4 Grozien 3 Avenon 5

Delpit 5 Deron 4

Deron 2

Deron 4

Delpit 6 Ditch, 20 Durvy 6 Grozien 8 Avenon 5

219 — Louis XIV lauré. In-8. Avant l'inscription.

220 **Larmessin**. Anne d'Autriche. Petit in-fol.

221 — Louis XV en pied. In-fol., d'ap. Vanloo.

222 — Denis Talon. In-4, octogone. Très-belle.

223 — Claude Vaussin, abbé de Citeaux. In-fol. Très-belle ép. Rare.

224 — De Vignacourt, grand-maître de Malte, en pied, d'ap. *Caravage*. Belle ép. Marge.

225 **Lasne** (Michel), cardinal de Berulle. — Callot. 2 p. in-8.

226 — Le grand Condé cuirassé. Petit in-fol.

227 — Pierre d'Hardivilliers, archev. de Bourges. In-fol.

228 — Louis XIII entre quatre siéges de villes. In-4.

229 — Louis XIII à cheval. Grand in-fol. Le fond est une bataille par Callot, pièce capitale du maître.

230 — Cl. Regnauldin. In-fol.

231 **Laugier**. Le duc d'Urbin avant la lettre. Ep. nº 26.

232 **Le Clerc** (Jean). Portraits de tous les rois d'Angleterre, depuis Brutus jusqu'à Jacques Ier régnant. 137 p. sur la même feuille.

233 **Lefèvre** pinxit et sculpsit. Charles Patin, médecin. Très-belle ép. Petit in-fol.

234 **Legrand**. Le duc de Crillon en 1783. Ovale grand in-8.

235 **Lempereur**. Louis dauphin, père de Louis XVI. In-8, en travers.

236 **Lenfant**, d'Abbeville. Jérôme Bignon, grandeur naturelle. In-fol. Très-bell. ép.

237 **Lenfant.** Jean de Brion, marquis de Combronde. In-fol. Très-belle ép.

238 — Harlay de Chanvallon, archev. de Rouen. In-fol.

239 — Henri de Daillon du Lude. In-fol. Belle ép.

240 — Henri de Laval, év. de La Rochelle. In-fol. Belle.

241 — Louis de Machault, prieur de Saint-Pierre-d'Abbeville. In-fol.

242 — Balthasar. Phelippeaux, marquis de Châteauneuf. In-fol. Très-rare.

243 — Le Masle, prieur des Roches? In-fol. Belle ép.

244 — 1663. Guerrier entouré des écus d'armes d'Aremberg, Croy, Lamarcq, Halluin, Berghes, Egmont, etc. In-fol. Superbe ép.

245 **Leu** (Thomas de). Alienor d'Autriche, reine de France.

246 — Elisabeth d'Autriche, reine douairière.

247 — Louis de Bourbon Condé.

248 — Antoine de Bourbon, roi de Navarre.

249 — Charles de Bourbon, connétable.

250 — Henri de Bourbon Condé à neuf ans.

251 — Jean de Bourbon, comte d'Anguyen.

252 — Jeanne de Cocesme, princesse de Conty. Superbe ép.

253 — Gabrielle d'Estrées, marq. de Monceaux.

254 — François II, roi de F. Très-belle ép.

255 — Robert Garnier, petit portrait. Superbe ép.

256 — Henri II, roi de France.

257 — Henri III, roi de France et de Pologne. Belle.

Chanlin 5

Avenan 5

Delpit 3

Delpit 3
Delpit 3
Delpit 3
Delpit 3
Delpit 3
Delpit 3
Delpit 3 Vollef 10

Delpit 3 Marsan 10
Delpit 3
Delpit 3 Masson 8
Delpit 6
Ditelf. 8. Delpit 3

Delpit 3

Delpit 3

Delpit 3 ~~Grosjean 1.50~~ Gères Avenau 5

Delpit 3 Grosjean 1.50

Delpit 3 Grosjean 1.50

Delpit 3

Delpit 3

Hennot 1 Delpit 3

Delpit 3

Delpit 3

Grosjean 5

Hennot 1

Delpit 4

Nagel 3.50

Herluis 2

Detobs 6

258 — Henri IV lauré dans une niche. In-4.
259 — Anne de Joyeuse, 2 états différents. 2 p.
260 — J.-L. de Lavalette, duc d'Epernon.
261 — H. de Lorraine le Balafré.
262 — H. de Lorraine, marquis du Pont.
263 — Catherine de Médicis.
264 — Marie Stuart, reine de F. et d'Ecosse.
265 — H. de Montmorency, conestable.
266 — H. duc de Montpensier. Très-belle ép.
267 — Philippe II, roi d'Espagne, Ant. de Bourbon.
268 — Louis Servin, avocat. Superbe ép. 1er état avant l'inscription en haut.
269 **Lyvyus**. Epraim Bonus, médecin. Superbe ép. In-fol., avec adresse de Clément de Jonghe.
270 — Le même, l'adresse effacée.
271 **Lochon**. Charles de Bourbon, év. de Soissons. In-fol. Belle ép.
272 — Louis Messier. doyen des curés de Paris. In-fol.
273 — Robert Menthel de Salmonet. Petit in-fol.
274 — Jacques-Auguste de Thou. Petit in-fol.
275 **Lombart**. Charles-Quint à trente-un ans. In-4. Superbe ép.
276 — Charles de La Vieuville. In-fol., d'ap. Dieu.
277 **Lubin** (J.). Maréchal d'Humières.
278 — Godeau, Jeannin, Sponde. 3 p. tirées des grands hommes de Perrault. Belles ép.
279 **Marcenay** (De). Portrait d'homme, d'ap. van Dyck. — L'Etonnement. 2 p. Très-belles ép. Marge.
280 — Bayard. In-8. Superbe ép. Toute marge.

281 **Marcenay.** Brunswick Lunebourg. Petit in-fol. Superbe ép. avant toute lettre, état non décrit.

282 — Jeanne d'Arc. In-8. Superbe ép. Toute marge.

283 — Marie-Antoinette, de Pologne. In-4. Sup. ép. Toute marge.

284 — Marquis de Mirabeau (dit l'ami des hommes). Petit in-fol., d'ap. Aved. Très-belle ép.

285 — Marquis de Puységur, colonel du régiment du Vexin. In-4. Superbe et rare ép. avant toute lettre.

286 B.-G. Sage, chimiste. In-8. Sup. ép. avant toute lettre.

287 — Maréchal de Saxe. In-8. Très-belle ép. avant le ciel.

288 — Eugène de Savoie. In-8. Très-belle ép. Toute marge.

289 — Stanislas, roi de Pologne. Ép. avant la lettre. Rare.

290 — Président de Thou. In-8. Superbe ép. Toute marge.

291 — Turenne. In-8. Très-belle ép.

292 — Maréchal de Villars. In-8. Sup. ép. Toute marge.

293 **Mariette** ex. S. Oddo, abbé. Grand in-8. Marge.

294 **Massard.** Charles IX. — Buffon. 2 p. In-8.

295 **Massé.** Marie de Médicis en Minerve, d'ap. Rubens. In-fol. Très-belle ép.

296 **Masson.** Louis Abelly, évêque de Rodez, antagoniste de Jansenius (R. D. 8). Très-belle ép.

297 — Jérôme Bignon (R. D. 12). In-fol. Avant dernier état.

Ditch 6.

Grosjean 7 Chaulin 2 Martin 2 Ditch 6. Hemrat 3

Ditchof 6

Michel 12 Delpit 8

Delpit 2.

Veyde 2 50 Michel 10. Ditchof 6

Grosjean 7

Veyde 2 50 Ditch 6

Hemrat 2

Delpit 4.

Hemrat 1

Hemrat 2

Hemus 2

Delpit 4

Grandea 2 50

Herluin 3

298 — E.-Th. de la Tour-d'Auvergne, duc d'Albret, cardinal de Bouillon (R. D. 14). In-fol.

299 — Brisacier, secrétaire de la reine. Belle ép. (R. D. 15).

300 — Ch.-Honoré d'Albert, duc de Chevreuse (R. D. 17). In-fol. Avant dernier état.

301 — Marin Cureau de la Chambre, d'ap. Mignard. Très-belle ép. du 1er état. (R. D. 24).

302 — Pierre Dupuis, peintre de fleurs. Très-belle ép. Petit in-fol. (R. D. 25).

303 — Alex. Dupuy, marquis de Saint-André-Montbrun. In-fol. (R. D. 26).

304 — L.-H. de Pardaillan de Gondrin, archevêque de Sens (R. D. 31). In-fo Très-belle ép. 1er état.

305 — Marie de Lorraine, duchesse de Joinville. (R. D. 32.). Épreuve avec le lapin.

306 — Nicolas de Lamoignon, comte de Courson, maître des requêtes. (R. D. 39). Très-belle ép. In-fol.

307 — Louis XIV. (R. D. 43). In-fol.

308 — Charles Patin, médecin. Petit in-fol. (R. D. 60). Très-belle ép.

309 — Hardouin de Beaumont de Perefixe, archevêque de Paris. (R. D. 61). Superbe ép. 1er état.

310 — J.-B. de Megrigny, capucin, évêque de Grasse. Grand in-4.

311 **Matham**. Webstere, négociant Hollandais. In-4. Très-belle ép.

312 **Mellan**. Cardinal de Bouillon, sur un piédouche.

313 **Mellan**. Victor le Bouthillier, archevêque de Tours. In-fol.

314 — Armand de Bourbon Conti. In-fol. Très-belle.

315 — Ch. de Créquy de Lesdiguières. In-4. Très belle ép.

316. — Foucquet, surintendant. Petit in-fol. Belle.

317 — H.-L. Habert de Montmor. Petit in-fol.

318 — R. P. Juo, parisien, capucin. In-4. Très-belle ép.

319 — Louis XIV enfant. Petit in-fol.

320 — H. de Mesme. — Fabri de Peiresc. 2 p. In-4.

321 — Pierre Séguier, chancellier. Petit in-fol. Belle.

322 — Abel de Servien. In-4.

323 **Metzmacher**. Ph. de Champagne. In-fol., sans marge.

324 **Meyssens** (J.) ex. Guillaume III, prince d'Orange, à cheval. In-4. Très-belle ép.

325 — Anne, reine d'Angleterre, France et Écosse, par Wierix. In-4, marge. Joli costume.

326 **Miger**. Charlotte Cath. Latrémoille. In-4, toute marge. Sup. ép.

327 **Moitte**. Duhamel du Monceau, académicien, architecte de marine. In-fol., d'ap. Drouais le fils.

328 **Montcornet**. Princes français et étrangers. 26 p.

329 — Octogone in-4. Louis XIII, XIV et princes. 10 p.

Avenan 5 Gérer

Henrac 2

Delpit 4 } 8
Delpit 4

Avenan 5

Delpit 4

Delpit 10

Delpit 5

Delpit 6 Avenan 5

Grospen 2

Apel 8

Delpit 5

Herlain 4 · Apel 6

Apel 10 Delpit · 5

Herlain 1 50

Avenan 5

Henrot 3

Lorin 20 Veyder 11

330 **Morin.** ***Anne d'Autriche,*** reine régente, d'ap. Ph. de Champagne. (R. D. 40). Très-belle ép., marge.

331 — P. Berthier, év. de Montauban (44).

332 — Gilbert de Choiseul du Plessis-Praslin, év. de Comminges. Très-belle ép. (50). 1er état.

333 — H. de Lorraine, Guise, comte d'Eu (57). Très-belle ép.

334 — Marguerite Lemon, amie de Van Dyck (62). Très-belle ép.

335 — Louis XI (63). Très belle ép., marge.

336 — Nicolas de Netz, év. d'Orléans (70).

337 — Philippe II, roi d'Espagne (71). Belle ép.

338 **Moyreau.** F. Leschassier, sup. de S.-Sulpice. In-fol, d'ap. Dominican.

339 **Muller** ex. Louis XIII, entouré de figures allégoriques (1624), avec cum Privil avant le nom de Muller. — Le même, 1626, sans le Privilége. 2 p. Petit in-fol.

340 **Muller** (J.-G.). Mme Vigée Lebrun, peintre. In-fol. Belle ép.

341 **Nanteuil** (R.). Les Évangélistes (R. D. 7). 1er État. Très-rare. — Le même, 2e état. Rare. Ép. superbes.

342 — Cardinal Ant. Barberin, archev. de Reims. (R. D. 28.). In-fol.

343 — Ant. Barberin, archev. de Reims (29). In-fol.

344 — Barrillon de Morangis, intendant des finances (31). In-fol. Signé Cl.-Aug. Mariette (1696).

345 — Fr. Blondeau. (R. D. 40). In-fol.

346 **Nanteuil.** Bochard de Saron, chanoine de Paris (42). In-fol.

347 — Gilles Boileau, greffier de la Grand'Chambre, père du célèbre Boileau (43). Avant-dernier état. In-fol.

348 — God. M. de la Tour, duc de Bouillon (50). In-fol., sans marge. Très-belle ép. avant la planche réduite.

349 — Ém. Th. de la Tour-d'Auvergne, cardinal de Bouillon (52). Grandeur naturelle. 1er état avant la décoration du S.-Esprit.

350 — Victor le Bouthillier, archev. de Tours (54). Belle ép. In-fol. Avant le nom sur la bordure octogone.

351 — Victor le Bouthillier, archev. de Tours (56), avec décoration d'architecture. Grand in-fol. en travers. Très-belle ép.

352 — Marie de Bragelogne, veuve de Cl. le Bouthillier (57). In-fol.

353 — Chapelain (R. D. 60). Belle ép. du 2e des 4 états.

354 — Charles II de Gonzague, duc de Mantoue (62). Très-belle ép.

355 — Charles V de Lorraine (R. D. 63). Très-belle ép. In-fol.

356 — Léon le Bouthillier, comte de Chavigny, ministre d'État (66). In-fol. Très-belle.

357 — Christine de Suède (R. D. 67).

358 — J.-B. Colbert, contrôleur des finances (71). In-fol.

Delpit 5

April 20

Boisson 10 April 12

Avenaux 5

Boisson 10 Delpit 3

Grosjean 6 50

Avenaux 5

Avignon 5 Delpit 4 April 2
Michel 8 Delpit 5

Chanteur 6 Gowden

Apel 6

Boivin 5

Herbier 2 Apel 12 Delpit 3 Boivin 15

Apel 10

Apel 3

Apel 5

359 — J. Nicolas Colbert, archev. de Rouen (78). Grandeur naturelle. Grand in-fol.

360 — John Évelyn, savant antiquaire anglais (dit le petit Mylord). Grand in-4 (93).

361 — Ch. Faure, sup. de Sainte-Geneviève. In-8 (94). — Jean Fronteau, chanoine (99). 1er état. 2 p.

362 — Mme de Gillier (R. D. 103). Belle ép.

363 — Comte de Guébriandt, maréchal de F. (104). Superbe ép., le titre coupé. — Le même, avec le titre. 2 p.

364 — François Guénaud, médecin de la Reine (105). In-fol. Magnifique ép.

365 — H. de Guénégaud, secrétaire d'état (106). Très-belle ép. 1er état.

366 — L. Hesselin, maître de la Chambre aux deniers (109). Ovale in-4.

367 — Le même, dans un entourage d'architeture. In-fol. en travers.

368 — L. Hesselin (110). In-fol., dans le goût de Mellan. Très-belle ép. 1er état.

369 — Pierre Jeannin, surintendant des finances (112). Très-belle ép.

370 — Denis de la Barde, év. de Saint-Brieuc. In-fol. (115). Très-belle ép., marge.

371 — Marin Cureau de la Chambre, médecin du roi (116). Superbe ép. du 2e des 4 états.

372 — Guil. de Lamoignon (R. D. 120). Belle ép. Signé P. Mariette, 1681.

373 — Natalis le Boultz, demi-nature (124). Très-belle ép.

374 **Nanteuil.** J. Le Coigneux, président (125). Belle ép.

375 — Michel le Masle, chanoine de Paris. Belle ép. du 1er état, 1658. (R. D. 126.)

376 — Antoine Le Pautre, architecte (127). Belle ép. avant l'adresse de Jombert.

377 — Michel Le Tellier, chancelier (128). In-fol. Superbe ép. Marge.

378 — Michel Le Tellier (131). Belle ép. In-fol.

379 — Michel Le Tellier (135). Belle ép. In-fol.

380 — Michel Le Tellier (136). Très-belle ép. In-fol.

381 — Ch. Maurice Le Tellier, archev. de Reims (139). Superbe ép. Bordure octogone, marge, avant dernier état.

382 — Le même, dernier état. Bordure carrée.

383 — Dom. de Ligny, évêque de Meaux (R. D. 144).

384 — Dom. de Ligny (145). Très-belle ép.

385 — Loménie de Brienne, secrétaire d'État (148). 1er état.

386 — H. d'Orléans, duc de Longueville (149). Petit in-fol. Marge. Belle ép.

387 — Jean Loret, poëte (150). Très-belle ép.

388 — Louis XIV (153). Très-belle ép. du 2e état.

389 — Louise-Marie de Gonzague, reine de Pologne (164). In-4. Très-belle ép.

390 — F. Mallier du Houssay, év. de Troyes (167). Superbe ép., marge.

391 — Jean de Meaupeou, év. de Châlon-sur-Saône (173). In-fol.

392 — Michel de Marolles, célèbre amateur d'estampes (171). Superbe ép. 1er état.

Avenas 5
11 juil 843

Delpit 4 Apel 4.

ou

—

—

Boiron 10 50 Delpit
Delpit 4

ou

Delpit.

Chardon 1 50

Delpit 5
Delpit 5

Boiron 10 50

Grojean 3 50 Delpit 5

Delpit 4 Avenan 5

on

Michel 7

Apel 4 on 4

Boin 12

Delpit 4 Bossr 6 Avenan 5

Grosjean 8

Apel 4 Chanlin 6

Apel 3 Delpit 4

Chanlin 3

Chanlin 6

Delpit 4

Chanlin 8

Kennick 12

393 — Cardinal Mazarin (175). Superbe ép. du cabinet Camberlyn.

394 — Mazarin (177). Belle ép. In-fol.

395 — Mazarin (178). In-fol. octogone. Belle ép.

396 — Henri de Mesmes, président au Parlement (191). Superbe ép. 1er état.

397 — Édoard Molé, président (193). Superbe.

398 — Henri de Lorraine, marquis de Mouy (197). Très-belle ép. 1er état avant la lettre.

399 — H. de Savoie, duc de Nemours, archev. de Reims (198). Très-belle ép.

400 — Duc de Nemours, archev. de Reims (199). Très-belle ép. 1er état, marge.

401 — F. de Nesmond, év. de Bayeux (202). Très-belle ép. du 2e des 4 états.

402 — Ferd. de Neufville, év. de Chartres (204). In-fol. 6e des 9 états.

403 — Hardouin de Péréfixe, archev. de Paris (212). Très-belle ép., avant-dernier état.

404 — J.-F. Sarrasin, conseiller (220). In-4, belle.

405 — Georges Scudéry (221). 1er état. Très-belle ép.

406 — Pierre Séguier, chancelier (223). Très-belle ép., avant-dernier état.

407 — Pierre Séguier de Saint-Brisson, prévost de Paris (224). Très-belle ép.

408 — Fr. Servien, év. de Bayeux (225). Très-belle ép. 1er état.

409 — Claude Thévenin (230). Belle ép. In-fol., dans le goût de Mellan.

410. **Neeffs.** Fernand d'Autriche, à mi-corps, d'ap. Th. Van Thulden. Très-belle ép. avant le n° 2.

411 — Le même, avec le n° 2. Marge.

412 **Pass** (C. de). Christophe Colomb. In-8. Superbe ép. Rare.

413 — Honorat de Meynier, provençal, auteur d'un Traité de fortification. In-4. Très-rare.

414 **Pass** (Simon de). Henri IV et Marie de Médicis, médaillon ovale, imprimé d'une plaque d'argent.

415 — Ant. de Pluvinel, célèbre maître d'équitation de Louis XIII. In-4. Superbe ép.

416 — Le même, copie contre-partie. Marge. Rare.

417 **Périer** (F.). Simon Vouet, peintre, à l'eau-forte.

418 **Pesne**. N. Poussin, peintre (R. D. 6). 1er état.

419 **Petit**. Louis, Dauphin, in-4, d'ap. de la Tour.

420 — J.-F. Philippeaux de Maurepas, en pied, d'ap. Vanloo. In-fol.

421 — Évrard Titon du Tillet, in-fol., d'ap. *Largillière*. Très-belle ép.

422 **Philippe** (P.). H. Ch. de la Trémoille, duc de Tarente. In-fol., d'ap. de Bane, 1664.

423 **Picart** (B.). Fontenelle soutenu par des Amours au-dessus de figures allégoriques. Titre de ses Œuvres diverses. In-fol. Superbe ép.

424 — Le Régent, médaillon soutenu par Apollon, Minerve, etc. Petit in-fol. en travers.

425 — Étienne Picart le Romain, in-4, d'ap. Velu. Rare.

426 — Roger de Piles, amateur des arts. Petit in-fol.

427 **Picart** (Steph.). Marquise de Montespan. In-fol. C'est le plus beau portrait du personnage.

Veyder 3 50 Ditch 12 Apri 2

C. Onder 4.

Lachap 5
on
Lachap 5

Chaulin 8 Delpit 4.
Michel 5
Michel 5 Delpit 4

Chaulin 2 50 Ditch/ 6.

Avenau 5 Michel 36 Delpit 6. Apl 4

Henrot 2   Ditch/ 12
Kennick 6

Ditch 5

Arenan 5

Charlen 4

Delpit 6
Delpit 5

Delpit 5
Delpit 4

April 3   Delpit 5

428 — N. Pavillon, év. d'Alet. In-fol. Superbe ép.

429 — Hyacinthe Serroni, év. de Mende. In-fol. Superbe ép. avant le nom.

430 **Picart** (J.). Louis XIII, buste dans une niche d'architecture. In-8.

431 **Pitau**. H.-L. Habert de Montmor. In-fol., d'ap. Ph. de Champaigne. Superbe ép.

432 — 1716. F. Marguerite de Joncoux. In-4. Très-belle ép.

433 — Benjamin Priolus. In-4. Superbe ép. avant la date et les vers.

434 — 1664. P. Séguin, doyen de Saint-Germain-l'Auxerrois. In-fol.

435 — L. Alex. de Bourbon, comte de Toulouse. Pet. in-fol.

436 **Pitteri**. Piazetta, peintre. Grandeur naturelle.

437 **Plée**. Bernardin de Saint-Pierre. In-8, avant la lettre. Superbe ép. sur chine.

438 **Poilly**. Le grand Condé. In-fol. Très-belle ép.

439 — Pierre Lemoine, jésuite, in-fol., d'ap. Champagne. Très-belle ép.

440 — Louis XIV étant jeune, d'ap. Mignard. In-fol.

441 — Louis XIV, jeune, soutenu par le Temps et autres figures allégoriques. Grand in-fol. en travers, haut de thèse.

442 — Mlle de Montpensier en Minerve. In-fol. Rare.

443 — René Potier, duc de Tresme, in-fol., d'ap. Lefèvre.

444 **Poilly** (J.-B.). C. Van Clève, sculpteur. In-fol.

445 **Pontius**. Rubens et Van Dyck réunis par un encadrement orné. In-fol. en travers.

446 **Pontius.** Élisabeth de Bourbon, d'ap. Rubens, in-fol.

447 — Raphaël. Gr. in-4. Très-belle ép.

448 **Preisler** (J.-M.). Le Cardinal de Bullion, en pied, qui a ouvert la Porte sainte pour le Jubilé de 1700, à la place d'Innocent XII, malade. Très-belle ép. In-fol.

449 **Ravenet**. A.-J. de Bullion, marquis de Farvaques, d'ap. Vanloo. Grand in-fol. Rare.

450 **Regnesson**. Marquise de Montespan, in-4, entourée d'Amours. Rare.

451 — Daniel Voysin, Maître des requestes, d'ap. Champagne. In-fol.

452 — Jean le Saige, payeur des rentes, 1670. In-fol. Superbe ép. Rare.

453 **Rousselet**. Pierre de Marco, archev. de Paris, cardinal avant le nom. In-fol.

454 **Roy** (G.). Cardinal de Fleury, médaillon soutenu par Diogène. In-4. Magnifique ép., toute marge.

455 **Rubens**. Ex. Charles-Quint, à mi-corps, d'ap. Titien. In-fol. Belle ép.

456 **Sadeler**. Marquart-Freher, ministre de Frédéric IV en Pologne. In-4. Très-belle ép.

457 — L'Empereur Mathias? Ovale in-4, avant toute lettre. Superbe ép.

458 **Saint-Aubin** (Aug. de). Marmontel, Maintenon, Pascal. 3 p. In-8.

459 — Fénelon. In-4. Très-belle ép., toute marge.

460 — J.-J. Rousseau, in-4, d'ap. de La Tour. Très-belle ép., toute marge.

Delpit 4

Delpit 5

Mongom. 40.

Giraler Michel 16

Giraler
les noms
sont gravés

Giraler
les noms
sont gravés

Henrot 2 50

Delpit 6 Henrot 2

Hernot 2 Martin 2

Dervy 4

Dervy 4

Charlier 4

Chaligny 6

Delpit 4 Michel 12

Marais 1

Charlier 1 50

461 **Sauvé**. Marie-Thérèse, Louis XIV, par Scotin. 2 p. In-4. Rare.

462 **Savart**. La Fontaine, d'ap. Rigaud. In-8.

463 **Schmidt** (G.-F.). Le comte d'Évreux. In-fol. Belle ép.

464 — L'abbé Prévost. In-4. Belle ép.

465 **Schooten**. Descartes, ad vivum, 1644. In-8.

466 **Schuppen** (Van). J. Bignon, A. de Harlay, H. d'Urfé. 3 p. in-4. Tirés des grands hommes de Perrault, de Monchy, 4 p.

467 — Ph. Despont, in-fol., ad vivum.

468 — B. de Foix de Lavalette d'Épernon, d'ap. Mignard.

469 — N. Le Camus, ad vivum, in-fol. Très-belle ép.

470 — Ch. M. Le Tellier, arch. de Reims. In-4. Superbe ép.

471 — P. Mercier, des Ordres de la Trinité. In-fol.

472 — Philibert de Nérestang. Petit in-fol.

473 — F. Pinson. Grand in-4, marge.

474 — Cardinal de Retz. In-fol. Très-belle ép.

475 — Charles de Saveuse, prêtre. In-8. Superbe ép. Rare.

476 — L. Thomassin de l'Oratoire. Petit in-fol.

477 **Silvestre** (Susanne). Le duc de Bourgogne, à mi-corps, d'ap. Rigaud. In-fol., avant l'adresse.

478 — Le même, avec l'adresse de Gautrot.

479 **Simon** (P.). Olivier Lefèvre d'Ormesson, grandeur naturelle. Grand in-fol. Belle ép.

480 **Simonneau**. Nicolas Mesnager. Petit in-fol.

481 **Sompel**. Ferdinand, frère de Philippe IV. In-fol.

482 — Gaston d'Orléans. In-fol. Très-belle ép.

483 **Suyderhoef**. Ampzingius, Heinsius, Conrad, Victor Van Aken. 3 p. Petit in-fol.

484 — Ferdinand III. In-fol. Très-belle ép.

485 — François de Moncade. In-fol. Très-belle ép.

486 — Maximilien et sa femme. 2 p. In-fol. Superbes ép.

487 — Maximilien, d'ap. Rubens. In-fol. Superbe ép.

488 — Philippe Ier, roi de Castille. In-fol. Superbe ép.

489 **Swaine**. Henri IV en pied, le sceptre de Milice. In-4. Marge in-fol.

490 **Tavernier**. F. de Loberan de Montigny, ambassadeur d'Henri IV en Allemagne. In-8.

491 **Thomassin**. Le duc de Bourgogne. In-fol.

492 — Cardinal d'Ossat. In-4. Belle ép.

493 **Tournelle**. P. de la Broue, év. de Mirepoix. In-fol., d'ap. Rigaud.

494 **Trouvain**. Ch.-M. Le Tellier, en pied. Superbe ép. rognée.

495 **Valck**. Guil.-Henri, prince d'Orange. In-fol. Très-belle ép.

496 **Valdor**. Otgerus Loncinus. In-8. Belle ép.

497 **Vaumans**. C.-Alex. Scaglia priant la Vierge. Belle composition d'ap. Van Dyck, avant vera Effigies, etc. Très-belle ép. In-fol.

498 **Vermeulen**. P.-V. Bertin. In-fol., d'ap. *Largillière.*

499 — J.-B. Boyer d'Aiguille. Petit in-fol., d'ap. Rigaud.

500 — H. d'Anglebert, de la musique de la chambre du roi pour le clavecin. In-4.

Jelpit 4.

Marain 1. 25

Michel 5

Chaulan 3

Henriot 5

Henriot 2 50

C. André 3

Delpit 4 Michel 16 Michel 4.50

Martin 2

Veyde 4

Ditch. 15

Ditch. 6 Veyde 1 50

Bossmen 22 Veyde 3

Michel 2 50 Martin 2

501 — Magalotti, gouverneur de Valenciennes.
502 — Louis de Clermont, év. de Loudun.
503 — Guil. Égon, cardinal, demi-nature.
504 — A.-M.-L. d'Orléans, duchesse de Montpensier, d'après Rigaud. In-fol.
505 **Vertue**. Jean Racine. In-4. Belle ép.
506 **Wierix**? Jeanne d'Albret, reine de Navarre, dans un entourage formant cadre. Grand in-8. Superbe ép. Très-rare.
507 **Wille**. Voldemar de Lowendal. In-fol. Marge.
508 — L. Phelippeaux de Saint-Florentin. In-fol. Marge.
509 **Visscher** (L.). Morus. In-4. Superbe ép.
510 — Anne d'Autriche. In-fol. Belle ép.
511 **Visscher** (C.). Robert Junius. Petit in-fol.
512 **Vorsterman**. Charles de Longueval. Grand in-fol.
513 **Anonyme**. Portrait d'un dignitaire ecclésiastique. la tête et tout le haut n'est pas terminé. In-fol.
514 **Burlamaqui**. Célèbre amateur de Genève, manière noire. In-4. Marge. Rare.
515 **Cortusius** (Jacobus-Antonius). Savant botaniste du XVIe siècle. Très-rare.
516 **Dante**. Son monument à Ravenne. Rare.
517 **Jacques Clément** Prêt à assassiner Henri III.
518 **Michel-Ange** par Bonasone et autres. 3 bons portraits différents.
519 **Necker**. In-8 en couleur, par Vérité. Marge.
520 **Ney** (J. de). Franciscain. In-4. Rare.
521 **Richelieu**, Cardinal. 2 différents. In-8.

522 **Littérateurs**. In-8 et in-4. 5 p.

523 **Ecclésiastiques.** Théologiens, pape, etc. 23 p. Divers formats.

524 **Religieuses**. Legros, Jeanne de Cambry, Marie de l'Incarnation, Isabelle-Claire-Eugénie, etc. 6 p.

525 **Femmes célèbres**. Anne d'Autriche, Marguerite de Valois, Ninon, etc. 9 p.

526 **Rois de France**. Henri II, Henri IV, Louis XIII, Louis XIV, Louis XV, comte d'Artois, etc. 12 p.

527 **Célébrités diverses**. Princes, rois, médecins, artistes, etc. 94 p. divers formats. Sera divisé.

RENOU et MAULDE, imprimeurs de la Compagnie des Commissaires-Priseurs
rue de Rivoli, 144. 22499

Neyde 7.50 Delpit 8.50

Heur Rel.
Legras

Delpit 4.50

Delpit a 25[c] la pièce

[illegible]	[illegible]	5	38
174	[illegible]	12	78
[illegible]	[illegible]	[illegible]	[illegible]
[illegible]	[illegible]	[illegible]	[illegible]
260	[illegible]	12	
		43	17
	[illegible]	[illegible]	[illegible]
[illegible]	[illegible]	17	15

RED. :

17

www.ingramcontent.com/pod-product-compliance
Ingram Content Group UK Ltd.
Pitfield, Milton Keynes, MK11 3LW, UK
UKHW021626260726
13994UKWH00003B/1095

9 782329 243979